26289 bis

Dessiné par F. ROUET   Photographié par FABRE

DONNADIEU

Guillaume Joseph

Né à Montpellier le 27 Avril 1805.

Mort à Nîmes le 21 Août 1849.

Lith A.Donnadieu. Paris

LE CALCAIRE

LITHOGRAPHIQUE

DE MONTDARDIER

PAR

A. L. DONNADIEU,

Licencié ès-Sciences,

Préparateur à la Faculté des Sciences,

Membre de la Société de médecine et de chirurgie pratiques,

de la Société d'horticulture et de botanique de l'Hérault, etc.

AVEC PLANCHES.

Cette découverte a doté la France d'un produit qui acquiert chaque année un accroissement considérable.
Em. DUMAS, *Note sur la Const. géol. du Gard.*

Vigan : Pierres lithographiques d'excellente qualité, distinguées à l'exposition des produits de l'industrie de 1844.
E. et C. LIOTARD, *Annuaire du Gard 1861.*

Montpellier

C. COULET, Libraire-Éditeur

5, Grand'Rue.

Paris

F. SAVY, Libraire-Éditeur

24, rue Hautefeuille.

1868

A LA MÉMOIRE

DE MON PÈRE.

A. L. DONNADIEU.

LE

CALCAIRE LITHOGRAPHIQUE

DE MONTDARDIER.

———◇———

Cette découverte a doté la France d'un produit qui acquiert
chaque année un accroissement considérable.
Em. Dumas, *Note sur la const. géol. du Gard.*

Vigan : Pierres lithographiques d'excellente qualité, distinguées à l'exposition des produits de l'industrie de 1844.
E. et C. Liotard, *Annuaire du Gard 1861.*

En 1837, la Société d'Encouragement pour l'industrie nationale ouvrit un concours dont le but était:
la découverte et l'exploitation de carrières lithogra-
phiques. Les limites de ce concours étaient fixées à
l'année 1841, et la Société qui donnait pour récompense

un prix de la valeur de 1,500 fr., posait les conditions suivantes (1) :

« 1° Que, l'origine de ces pierres étant bien constatée, la description du gisement serait faite par un ingénieur des mines du département, qui doit certifier que ces couches ne sont pas les mêmes que celles des carrières qui ont déjà mérité les récompenses de la Société ;

» 2° Que les pierres peuvent se déliter par couches ou bien se débiter à la scie ;

» 3° Que ces pierres de diverses dimensions usitées dans le commerce sont d'un grain uniforme, d'une belle teinte, d'une dureté égale dans tous les points, qu'elles sont sans défauts et d'un prix moindre que celui des pierres françaises ;

» 4° Que ces pierres peuvent servir au dessin au crayon, au dessin à la plume, au transport, enfin, à la gravure sur pierre ;

» 5° Que l'exploitation de la carrière est en activité depuis un an au moins.

» 6° Les concurrents devront, en outre, fournir la preuve que cinq lithographes ont employé chacun au moins 25 pierres, qu'elles ont été trouvées comparables aux meilleures pierres lithographiques, et que les dessins, écritures, gravures, transports fournis par ces pierres ont été mis dans le commerce et appréciés. »

(1) Bulletin de la Société d'encouragement pour l'industrie nationale, 43e année, n° 481, juillet 1844, p. 286.

Les concurrents furent nombreux; une commission chargée d'examiner leurs titres, dut, pour cela, se livrer à des essais et faire exécuter des travaux qui ne purent être terminés qu'en 1843. Le concours fut prorogé jusque-là; M. A. Chevalier fut nommé rapporteur de la commission et chargé de faire connaître les résultats auxquels elle était arrivée.

Nous extrayons de son rapport les passages suivants (1) :

« N° 8. Dès le mois de septembre 1840, M. Donnadieu, fils aîné, graveur et lithographe à Montpellier, annonça avoir découvert, dans le mois de juin précédent, une carrière de pierres calcaires dont l'homogénéité, la dureté et la belle couleur gris de perle l'engagèrent à en faire quelques essais; il était entré dans quelques détails sur le gisement de cette carrière, qui est considérable et offre des pierres des plus grandes dimensions : elle est située dans la commune de Montdardier, arrondissement du Vigan (Gard).

» M. Donnadieu adressa, dès cette époque, une pierre accompagnée d'un tarif des prix, sans pièces à l'appui......»

« M. Riondet a trouvé : Que la pierre appartenant à M. Donnadieu, inscrite sous le n° 8 du concours, paraît être de bonne qualité ; sa nuance

(1) *Loc. cit.*, pag. 287 et suiv.

égale est très-agréable à l'œil; on éprouve quelques difficultés à travailler dessus ; le crayon ne s'y fixe qu'avec peine en glissant comme sur un miroir; peut-être faut-il attribuer cet inconvénient à ce qu'elle a été grenée trop fin...... »

« M. Jules DESPORTES a donné ainsi le résultat de ses observations :

» 1° *Acidulation*. Le dégagement des bulles d'air a eu lieu dans le même espace de temps sur les pierres n°s 5, 6, 8 et 9; il a été plus prompt de quelques secondes sur une des pierres du n° 5, plus lent sur l'une de celles du n° 9, plus lent encore sur le n° 7, où l'acide n'agit pas d'une manière uniforme.

» 2° *Porosité*. La porosité de ces calcaires est considérablement développée dans les n°s 5, 6 et 9; le n° 8 l'est d'une manière convenable.

» 3° *Dureté*. La dureté se présente dans l'ordre suivant : 8, 9, 7, 5 et 6. Le petit nombre d'exemplaires n'a pas permis de juger jusqu'à quel point ces pierres étaient propres à l'impression; toutefois il est à présumer que les n°s 8, 5, 9 et 7 sont dans des conditions favorables... ... »

« La commission fera remarquer qu'il résulte des observations de MM. RIONDET et DESPORTES que, dès 1840, M. DONNADIEU avait adressé une pierre placée au premier rang sous tous les rapports.

» Depuis , sur les renseignements qui lui furent demandés en août 1843, M. DONNADIEU remit , au

secrétariat de la Société, des certificats 1° de M. l'ingénieur des mines de l'arrondissement du Vigan, constatant
le gisement de la carrière et la qualité des pierres;
2° de M. le commandant de l'école royale du génie de
Montpellier; 3° de M. Léon DONNADIEU, lithographe
de la même ville; 4° de M. FLAMANT, autre lithographe de Montpellier; 5° de M. VERDUN, lithographe
de Nîmes; 6° enfin, de M. FABRE fils, lithographe de
la même ville.

»Il a joint à ces certificats deux journaux de 1840
qui font mention de la découverte, faite par lui, des
dites pierres lithographiques.

» La commission a acquis l'intime conviction que la
découverte des pierres lithographiques dans le département du Gard, arrondissement du Vigan, est due à
M. DONNADIEU; que leur exploitation commencée et
continuée par lui, a donné lieu à l'ouverture et à
l'exploitation de carrières limitrophes. Le certificat de
M. NEGE, ingénieur des mines, et l'attestation de
M. le maire de Montdardier rendent incontestables les
droits de M. DONNADIEU à cette découverte. Sous ce
point de vue, il a rempli une condition essentielle du
programme.

»Sous le rapport des qualités que possèdent ces
pierres, la commission doit aux talents et à l'obligeance
de M. LEMERCIER des essais qui mettent hors de
doute qu'elles réunissent à un haut degré toutes les
qualités désirables.

» Une de ces pierres a été dessinée par M. Julien d'après un tableau de F. Bouchot. Ce n'est qu'au moment du tirage que l'artiste a appris qu'il avait opéré sur une pierre française. C'est à cette ignorance que l'on doit ce dessin; M. Julien aurait hésité à confier à une pierre de notre sol une œuvre capitale.

» La commission a vu procéder au tirage, et met sous les yeux du conseil l'épreuve d'essai et la 500ᵉ épreuve de cette étude, qui doit être tirée à 1,200 exemplaires.

» M. Ferogio a fait également un dessin; il a reconnu la bonne qualité de la pierre.

» M. Donnadieu a fourni la preuve qu'il a livré et au delà au commerce le nombre de pierres voulu par le programme.

» Depuis, il a été déposé au secrétariat de la Société une note sur l'exploitation de carrières lithographiques des Cévennes par une compagnie qui, s'occupant du sciage des marbres, veut opérer sur une plus grande échelle l'exploitation des pierres lithographiques.

» Que d'autres aient suivi son exemple dans les mêmes localités, c'est un titre de plus que M. Donnadieu acquiert au prix proposé...... »

M. Chevallier donne en outre lecture d'une lettre de M. Lemercier qui s'exprimait en ces termes :

« MM. Chevallier et Gaultier de Claubry étaient présents aux épreuves d'essais de la grande pierre de M. Donnadieu, portant une tête d'étude dessinée par M. JULIEN; ils ont été à même d'en admirer la belle réussite et le tirage, qui s'est effectué d'une manière on ne peut plus satisfaisante, à 1,000 exemplaires, sans que l'on s'aperçut de la moindre altération. La pâte de la pierre est plus compacte et le grain plus serré que ceux des pierres d'Allemagne ; elle absorbe moins d'eau et résiste parfaitement à l'acidulation, ce qui facilite beaucoup le tirage. Je crois donc devoir rendre hommage à la vérité en affirmant que, depuis que l'on s'occupe, sur tous les points de la France, de trouver des pierres lithographiques, celles du Vigan sont incontestablement les plus belles et les meilleures qui me soient parvenues jusqu'à ce jour; elles peuvent avec avantage remplacer celles de Munich, car ces dernières fournissent à peine vingt à trente bonnes pierres sur cent, pour le dessin.

» La meilleure preuve que je puisse vous donner, c'est que j'ai fait parvenir à M. DONNADIEU une somme de 500 fr. pour l'aider à m'envoyer une certaine quantité, persuadé, d'après l'examen que j'ai fait avec beaucoup d'attention de celles qui m'ont été envoyées par MM. ABRIC et Cᵉ et par M. le comte d'ASSAS, de Montdardier, que ce n'étaient pas seulement quelques pierres trouvées avec peine, mais qu'elles existaient en grande quantité, *et que la France allait se trouver dotée d'un produit qui acquiert, chaque année, un accroissement considérable....* »

« En résumé, la commission propose :

» 1° De déclarer que les concurrents inscrits sous les N°ˢ 1, 2, 3, 4, 5, 6, 7, 9, 10, 11, 12, n'ont pas rempli les conditions du programme ;

» 2° *De décerner au concurrent N° 8,* M. Donnadieu, *le prix de la valeur de 1,500 fr. pour la découverte et l'exploitation d'une carrière de pierres lithographiques dans le département du Gard ;*

» 3° D'ouvrir un nouveau concours pour la découverte et l'exploitation de nouvelles carrières lithographiques, et de fixer la clôture de ce concours au 1ᵉʳ janvier 1847.

» *Signé :* A. Chevallier, Rapporteur. »

Guillaume-Joseph DONNADIEU était né le 27 avril
1805. Fils aîné d'un lithographe, il embrassa la carrière de son père et donna de bonne heure des preuves
d'une adresse et d'une intelligence remarquables. Doué
d'un excellent esprit d'observation et d'une grande ap-
titude pour le dessin, il comprit que le rôle de chacun
de nous ne doit pas se borner à suivre et à imiter son
prédécesseur, mais que c'est un devoir de chercher à
le surpasser et à faire marcher dans la voie du progrès
l'art ou la science que l'on cultive. Aussi, le vit on
travailler de toutes ses forces à perfectionner l'art du
lithographe, surtout en ce qui concerne le dessin et la
gravure.

Ses nombreux essais et ses travaux lui eurent bientôt
acquis une haute réputation qui le détermina à s'affran-
chir de la tutelle paternelle. Alors, sans autre guide
que lui-même, ne se conseillant que de sa propre
expérience, il se mit résolument à la tâche et parvint
bientôt, non seulement à se distinguer, mais encore à
se placer au premier rang parmi ses concurrents.

Resserré dans les courtes limites d'une ville de pro-
vince, il ne tarda pas à s'y trouver trop à l'étroit et
partit pour la capitale. Malheureusement, les rigueurs
d'un climat auquel il n'était pas habitué lui furent

défavorables. Il se vit, à regret, obligé de quitter le vaste champ dans lequel il espérait pouvoir déployer son imagination et son intelligence, et revint s'établir à Nimes. Sa santé, un moment compromise, se rétablit peu à peu et lui permit de se placer bientôt en première ligne.

Au mois de mai 1840, DONNADIEU était au Vigan. Il était allé prendre quelques jours de repos chez un de ses amis, M. Ausset. Un jour, entre autres, voulant profiter d'une de ces belles journées de printemps, ils étaient allés à la campagne. Le déjeûner fut servi sur une table faite d'une grande dalle de pierre dont l'usage, déjà ancien, avait poli la surface. L'attention de DONNADIEU se porta sur cette table; il fut frappé de sa couleur, de la finesse de son grain, de sa texture, et, tirant un crayon de sa poche, il se mit à esquisser le paysage qu'il avait devant les yeux. Au fur et à mesure qu'il dessinait, il devenait de plus en plus attentif et rêveur. Pour qui l'eût vu en ce moment, il eût été facile de deviner qu'il méditait un grand projet; car, se relevant brusquement : « Ami, dit-il, d'où tirez-vous ces pierres là? » — « De Montdardier; c'est tout près d'ici. » — « Eh bien ! j'ai entendu dire que les Cévennes pourraient peut être fournir des pierres lithographiques, et si je ne me trompe, je crois que nous ne sommes pas loin d'en acquérir la certitude. Il faut essayer. » Et sans différer, dès le lendemain, on se mit en route pour Montdardier.

Chemin faisant, il examinait avec soin toutes les pierres qu'il rencontrait, et demeurait de plus en plus convaincu qu'il allait atteindre son but. Arrivé au point principal où les habitants des environs venaient chercher le calcaire pour en faire des marches d'escaliers, des bancs extérieurs et même des toitures, il choisit, parmi les déblais, les deux échantillons qui lui paraissaient réunir le plus d'avantages.

Ces deux blocs, d'environ 25 centimètres de côté, lui semblaient avoir la couleur, la texture, l'épaisseur, en un mot, les qualités convenables. Il les emporta à Nimes, les polit, les prépara avec soin et les soumit au travail lithographique. Sur l'un d'eux, il dessina la statue du chevalier d'Assas, érigée sur la place publique du Vigan. Son attente ne fut pas trompée, et il put constater un succès complet; il tira de cette composition, faite seulement à titre d'essai, 600 exemplaires, dont il fit des couvertures pour cahiers d'écoliers. Dès ce moment, la découverte était faite; il ne s'agissait que d'en tirer parti.

M. Ausset fut prié d'affermer, pour Donnadieu, la partie du bois où se trouvait le meilleur gisement, et fut chargé de surveiller l'extraction de la pierre. C'est ce qu'il fit avec soin, et c'est de là que date une exploitation des carrières de pierres lithoghapiques que Donnadieu fut le premier et le seul alors à mettre en vigueur. Sous la surveillance de M. Ausset, les pierres étaient extraites et simplement ébauchées à Montdardier, puis elles étaient envoyées à Donnadieu, qui les polissait, les achevait et les répandait dans le commerce.

Dès le début, cette industrie naissante n'occupait aux carrières qu'un seul ouvrier nommé Guy, tailleur de pierres de son état, et que l'on avait pris à gages journaliers. Guy avait, en outre, l'autorisation de profiter du temps qui ne lui était pas payé pour extraire quelques pierres, dont on le laissait libre de disposer à son gré. Cette gratification, imprudemment accordée, devait plus tard porter un grand préjudice à Donnadieu. En effet, on avait remarqué que les pierres qui formaient les couches superficielles étaient de beaucoup inférieures à celles des couches profondes. Ces pierres étaient cassantes et se prêtaient beaucoup moins au polissage. C'étaient celles que Guy exploitait pour le compte de celui qui l'avait pris à son service, tandis que, lorsqu'à ses moments de repos il usait de la permission qui lui avait été donnée, il s'attachait aux couches inférieures. Il en extrayait des blocs qu'il préparait et faisait vendre par sa femme dans les villes environnantes, et qu'il donnait même à des pris inférieurs à ceux de Donnadieu. Cette concurrence déloyale ne tarda pas à lui procurer certains bénéfices à l'aide desquels, cessant d'être simple ouvrier, il afferma une carrière et se mit à exploiter avec succès (1).

(1) Cette exploitation a été fort mal faite *à l'origine*. On a répandu dans le commerce des qualités inférieures *mêlées* à de

Cependant, en dépit de ces manœuvres, Donnadieu avait fait prospérer grandement sa découverte. Des ouvriers avaient été ajoutés, les bénéfices étaient certains, et le prix de 1,500 fr., accordé comme nous l'avons vu plus haut, fit surgir des associés et des concurrents. M. FROMENT, venu de Marseille pour exploiter les carrières de marbre, s'occupa des pierres lithographiques ; mais, au bout de six mois environ, il fut obligé de cesser. Une société puissante, la société PELON ET Cᵒ, s'établit à son tour, dépensa pendant près de deux ans, une somme supérieure à 100,000 fr. et n'obtint pas de succès. Une nouvelle société fut constituée, mais cette fois entre DONNADIEU et MION-SERRES; 45,000 fr. environ furent dépensés pendant six mois et la société fut dissoute. DONNADIEU continua seul et pour son propre compte.

Durant tout ce laps de temps, Guy n'avait pas cessé de travailler. La fortune lui avait encore souri en lui faisant trouver dans ses carrières de bonnes couches, et il voyait tomber et se relever ces associations puissantes et ces grandes exploitations.

Enfin, DONNADIEU tente un dernier effort. Encouragé de tous côtés, il fonde une société d'actionnaires et était

bonnes qualités; il s'est produit, relativement à ce produit, une mauvaise impression, qu'il faut et faudra des années de production supérieure pour détruire complètement. — *Jull. et Depl. in litt.*

2

parvenu à réunir, sous le couvert d'un grand nombre
de signatures, des sommes considérables, lorsque les
événements politiques de 1848 vinrent changer la face
des choses. Tous étaient certains que cette entreprise
ne pouvait être menée qu'à bonne fin ; tous avaient
souscrit de grand cœur ; mais en présence de la crise
gouvernementale, chacun voulut retenir ses capitaux
et la constitution de la société fut différée. Ce n'était
qu'un simple retard, car DONNADIEU avait reçu l'assu-
rance qu'il pouvait se représenter à meilleure époque,
et que l'on referait avec plaisir ce qui venait de se dé-
faire d'une manière si inattendue.

Malheureusement, il ne devait pas en être ainsi.
Une fois de plus la fatalité s'attacha aux pas de DON-
NADIEU, et le 21 août 1849, le choléra, qui ne sévit
que très-peu de temps à Nîmes, le compta parmi le
petit nombre de ses victimes. En quelques heures,
tous ses projets furent détruits, et l'auteur d'une découverte qui, suivant tous ceux qui en ont parlé, a
doté la France d'un produit important qui prend chaque
année un accroissement considérable, était enlevé à sa
famille.

Qu'il me soit permis de consacrer ce chapitre comme
un témoignage de reconnaissance envers un père bien
aimé, qui sut, pendant toute sa vie, se faire estimer
et respecter des gens de bien et chérir de sa famille.

A dater de cette époque, GUY reste le seul maître
de l'exploitation des carrières. Cette industrie lui ayant
procuré d'honnêtes bénéfices, il se décide à se retirer
et à remettre à son gendre la suite de ses affaires.

Après avoir passé en différentes mains, elles arrivent
enfin entre celles de MM. JULLIEN, DEPLAYE ET Cᵉ,
qui sont actuellement les propriétaires et les directeurs
de l'exploitation. Ces Messieurs ont considérablement
agrandi le champ de leur commerce. Grâce à leur zèle
et à leur persévérance, il leur est permis d'occuper,
temps moyen, environ une vingtaine d'ouvriers, et de
répandre annuellement dans le commerce de trois à
quatre cent mille kilogr. de pierre lithographique. De
plus, ils ont joint à leur usine de sciage une fabrique
de papier, ce qui élève le nombre des ouvriers employés
par eux à 50 ou 60, suivant les besoins du moment.
Les salaires dont ils rétribuent les ouvriers sont les
plus forts de ceux que ces derniers perçoivent dans
le pays; on peut ajouter que, vu l'état actuel de la
récolte des vers-à-soie, l'industrie des pierres lithographiques et une filature dirigée par M. le maire d'Avèze,
sont à peu près les seules ressources d'une commune
de 1,000 à 1,200 habitants. A diverses expositions,
MM. JULLIEN, DEPLAYE ET Cᵉ ont fait figurer avec
honneur le produit des carrières de Montdardier. Deux
de leurs pierres ont servi pour lithographier les portraits
en pied et de grandeur naturelle, sur l'une, de S. M.
l'Empereur Napoléon III, sur l'autre, de S. M. la Reine

Victoria. Ces deux blocs, qui avaient 2 mètres 45 cent. de longueur sur 1 mètre 35 cent. de largeur, ont été récompensés aux expositions de Londres , de Nimes et à l'Exposition universelle de Paris (1867).

Enfin, des renseignements qu'ils nous ont transmis, il résulte que :

« Les carrières peuvent fournir encore de longues années ;

» A mesure que l'on arrive vers les couches inférieures, on trouve des qualités plus fines , moins poreuses et plus pures ;

» Les bancs donnent des surfaces de dimensions superflues pour la lithographie ;

» *Toutes les carrières françaises s'étant éteintes les unes après les autres, ils restent seuls à fournir au commerce intérieur ou extérieur la pierre lithographique française.* »

Occupons-nous maintenant de l'exploitation, de la préparation et des propriétés du calcaire lithographique.

L'exploitation comprend deux parties : l'*extraction* et la *façon*.

EXTRACTION. — Comme celle de presque tous les calcaires, elle se fait à ciel-ouvert (1). Le calcaire lithographique a ici cette supériorité sur tous les autres, c'est que son extraction est à la fois la plus facile, la plus prompte et la moins coûteuse. C'est qu'il est aussi, de toutes les roches du même genre, le mieux stratifié, celui dont les lits sont le mieux séparés et ses blocs eux-mêmes sont déjà naturellement découpés et détachés.

Partout où devient nécessaire l'intervention de la pique ou de la mine, il y a de la difficulté. Ici, au contraire, il suffit d'un simple levier, il suffit de communiquer un ébranlement à la masse, et si le bloc est de moyenne dimension, il est alors prêt à être enlevé.

(1) Les calcaires exploités forment presque toujours la surface du sol ou sont situés à peu de profondeur par rapport à cette surface.

On extrait la pierre lithographique par lits ou par couches. On les appelle aussi quelquefois des bancs. La surface sur laquelle on opère est à peu près de 100 à 150 mètres de longueur sur 10 ou 15 mètres de largeur. Cette surface présente assez bien l'aspect d'un sol dallé. Après avoir enlevé la première rangée des dalles calcaires, on procède à l'extraction de la rangée latérale, et on continue ainsi jusqu'à ce que, arrivé au fond de la carrière, on ait mis à découvert une seconde surface semblable à la première, et située d'autant plus profondément, que cette première assise était plus épaisse. On rejette les premières assises comme étant impropres au travail lithographique, et ce n'est qu'à une certaine profondeur que l'on commence une extraction profitable.

Pour soulever et détacher complètement les blocs de calcaire, voici comment on opère :

On introduit entre deux blocs, dans les intervalles horizontaux, l'extrémité de deux *palferres*, un à chaque angle du bord antérieur du bloc. Le *palferre* est une tige de fer de grosseur et de longueur proportionnées, et variant de 1 mètre 50 centimètres à 2 mètres. Son extrémité inférieure est taillée en biseau et recourbée légèrement, de manière à former un angle obtus. L'extrémité supérieure porte un plateau de bois, que l'on y attache au moyen de cordes. Ce plateau, que l'on appelle *traverse*, est très-épais et destiné à recevoir des blocs de pierre que l'on retire des débris déjà rejetés.

Sous la petite branche inférieure du palferre, on place un maillet en fer de forme carrée. Tout étant ainsi disposé, on charge les traverses, et le poids, allant toujours croissant, augmente la force qui agit à l'extrémité du levier, dont les parties inférieures soulèvent le bloc sous lequel elles ont été introduites.

On fait glisser sous le bloc, ainsi soulevé, des pierres destinées à le maintenir dans la position où l'ont mis les palferres. On décharge alors les traverses ; on met les leviers dans une position plus favorable et l'on recommence la même opération, que l'on renouvelle autant de fois qu'il est nécessaire de le faire pour détacher complètement le bloc.

Si ce dernier est de dimensions trop considérables, on le coupe. Pour cela, on fait au ciseau une entaille superficielle, suivant la ligne que l'on a tracée pour en marquer la section que l'on veut opérer ; à l'extrémité de cette entaille, on fait un trou peu profond, de forme rectangulaire, et dans lequel on introduit un coin de fer. On frappe sur ce coin avec un lourd marteau appelé *masse*, et le bloc casse régulièrement, suivant l'entaille tracée à la surface. Il est ensuite chargé sur des chars à bœufs, qui les transportent jusqu'à l'usine d'Avèze, où il subit la première opération.

Pendant l'ébranlement du bloc, il se produit quelquefois dans sa masse une oscillation moléculaire qui occasionne une fissure intérieure. Cette fissure ne se manifeste au-dehors que par une simple trace très-

légère, à peine comparable à celle que laisserait un
cheveu sur la pierre lithographique, et que l'on n'a-
perçoit que pendant la dessiccation du calcaire préala-
blement mouillé. Il faut rejeter cette pierre et se bien
garder de l'employer ; car, soumise sur la presse à
l'action du rateau, elle cassera infailliblement suivant
cette trace.

FAÇON. — Apportés à l'usine d'Avèze, les blocs
sont soumis à l'action d'une scie hydraulique qui les
divise en dalles moins épaisses, moins grandes et plus
faciles à travailler ; puis ils sont livrés à une *polisseuse*
ou machine hydraulique destinée à polir leur surface
supérieure. Le jeu de cette machine consiste dans le
frottement continuel de deux pierres agissant l'une sur
l'autre et entre lesquelles on a introduit du grès fin
ou du sable mouillé. Après qu'elles ont acquis un
certain degré de poli, mais cependant encore insuffisant,
elles sont livrées aux tailleurs de pierres qui les façon-
nent et les taillent aux dimensions exigées par les
différents formats employés dans le commerce. Elles
sont ensuite reprises par des ouvriers polisseurs qui
exercent à bras la même action que la machine et qui
rendent enfin la pierre lithographique bonne à être
livrée à l'industrie.

Il nous reste enfin à parler de la dernière opération
que l'on fait subir au calcaire lithographique, c'est-à-
dire de celle qui se fait dans l'atelier même du litho-

graphe. Cette opération, étrangère aux usines et aux carrières, n'en est pas moins nécessaire à la pierre.

Elle est d'abord poncée, c'est-à-dire que l'on frotte contre sa surface mouillée un morceau de pierre ponce, puis on verse dessus, et à plusieurs reprises, de l'eau légèrement acidulée d'acide nitrique. On lave et on étend sur la pierre une dissolution assez épaisse de gomme arabique. Ces divers préparatifs ont pour but d'empêcher la pierre d'absorber l'encre lithographique et empêcher aussi l'écriture d'être grossie ; on ponce une seconde fois, et la pierre peut alors recevoir le travail auquel elle a été destinée. Ce travail terminé, on l'acidule de nouveau, on la gomme ensuite, pour la rendre enfin prête à être livrée à l'impression.

La pierre lithographique, ainsi façonnée, ainsi polie, est susceptible, disons nous, d'être employée dans l'industrie, et c'est surtout sous ce point de vue, qu'il est important de connaître les caractères particuliers qui distinguent entre elles les pierres des différents gisements (1).

Le dépôt de ce calcaire se compose, à Montdardier, de deux étages bien caractérisés et distincts. Le premier est constitué par des pierres minces à gros

---

(1) Nous ne nous occuperons ici que de la pierre de Montdardier, et nous ne citerons les autres, et en particulier celles de Munich avec laquelle elle rivalise presque aujourd'hui, que comme terme de comparaison.

grains et de peu d'étendue. Elles sont très-souvent
gélisses et cassent facilement si elles sont extraites
en hiver, l'action du froid s'exerçant dans ce cas plus
facilement sur elles à cause de l'eau dont elles sont
chargées et dont elles ne peuvent se débarrasser
promptement ; elles sont par conséquent, et restent
un certain temps très humides. De plus, elles s'écaillent
avec beaucoup de facilité et sont impropres aux diverses préparations que l'on fait subir à la pierre lithographique. Aussi, dans les carrières, rejette-t-on ces
premières couches et ne sont-elles plus employées que
par les habitants qui en font des toits, des pavés, des
marches d'escalier.

C'est le deuxième étage qui fournit les véritables
pierres lithographiques, c'est-à-dire celles qui se
prêtent aux diverses opérations de la lithographie.
Les pierres qui composent ce second étage sont grandes,
épaisses et vont en augmentant de dimension à mesure
que l'on descend plus profondément. Quoique légère
ment humides ; elles le sont beaucoup moins que les
précédentes et ne le sont pas assez cependant pour être
exposées à casser sous l'action du froid ; du reste,
elles perdent bien vite cette humidité. La grandeur des
blocs de calcaire qui composent les assises de ce
second étage, l'emporte sur celle des blocs de Munich
et, sous ce rapport, la pierre de Montdardier peut
avoir un certain avantage sur celle d'Allemagne. Aussi,
obtient-on des pierres lithographiques d'un format que ne

peuvent atteindre les pierres de Munich (1); d'un autre
côté, la pierre de Montdardier est supérieure à la
pierre de Munich pour le travail lithographique dit au
crayon, et elle lui est inférieure pour le travail à la
plume. Cette alternance d'infériorité et de supériorité
tient uniquement à la texture de chacune d'elles. En
effet, tandis que la pierre de Bavière a le grain serré,
est compacte et dure, la pierre du Vigan, plus chargée
d'acide carbonique, a le grain plus gros, est moins
compacte, moins dure et plus spongieuse.

Dimensions et texture, voilà donc tout ce qui différen-
cie, l'une de l'autre, ces deux pierres qui, rivales, voient
chaque jour diminuer le nombre de qualités ou de
défauts qui les séparaient. On peut dire aujourd'hui
que, grâce à une exploitation bien dirigée, elles occu-
pent toutes deux un premier rang, l'une pour la
plume, l'autre pour le crayon.

On peut diviser la pierre lithographique de Montdardier en trois catégories : la pierre bleu foncé, la
pierre bleu clair ou jaune et la pierre bicolore ou
jaune et bleu. La couleur n'est pas, comme il semble,
le seul caractère, car les pierres de telle ou de telle
autre couleur ont aussi d'autres propriétés particu-
lières.

La pierre d'un bleu noir ou d'un bleu foncé est peu
propre au travail lithographique, qui ne peut être

(1) Témoin le bloc déjà cité 1ᵐ55 sur 2ᵐ45.

aperçu assez nettement sur ce fond coloré. Elle est en
outre la plus spongieuse et conserve plus longtemps à
sa surface l'eau de lavage, ce qui la rend assez humide
pour pouvoir écarter l'encre et grossir ainsi l'écriture ;
son grain, trop gros, use très-facilement la plume, ce
qui constitue un grand inconvénient pour l'ouvrier.
Elle présente encore quelques autres imperfections;
ainsi, lorsque cette pierre est fortement préparée, elle
est légèrement raboteuse au toucher; en encrant, on
voit sa surface se couvrir d'une petite quantité de
petits points noirs, qu'un nouveau ponçage et une
nouvelle préparation peuvent seuls faire disparaître.
On peut au préalable parer à ces accidents, il suffit,
pour cela, de laisser la pierre recouverte pendant 2 ou
3 heures d'une solution gommeuse très-épaisse. Elle
est encore un peu raboteuse au toucher, mais les
points noirs ne paraissent plus; on remarque seulement
que l'écriture est grossie et baveuse. La pierre
d'Allemagne n'exige pas la même préparation. Il
suffit, en effet, qu'elle soit acidulée et lavée à l'eau
légèrement gommeuse pour être creusée et ne pas se
salir par l'action du rouleau à encre. L'apparition de
ces taches est surtout abondante sur la pierre de
Montdardier lorsque l'impression se fait au vernis pur.
comme c'est le cas le plus général.

La pierre de couleur unie, soit gris cendré clair (ne
pas confondre avec la pierre gris bleuâtre précédemment
désignée), soit jaunâtre, est la meilleure. Son grain

est fin, susceptible d'être bien poli ; elle est peu spongieuse, rejette facilement l'eau et ne grossit pas l'écriture. La préparation de cette pierre est facile, elle est la même que celle de la pierre de Munich dont elle peut sans contredit se montrer l'égale. Sa couleur permet d'apercevoir facilement le travail, elle est très-employée pour la gravure et l'est encore plus pour le crayon, genre de travail auquel elle convient parfaitement. Lorsqu'elle doit servir à cet usage, on emploie pour la poncer un moyen différent; au lieu de la ponce habituelle, on se sert de sable très-fin que l'on répand sur la surface bien mouillée de la pierre; puis on promène dessus et dans tous les sens une autre pierre à surface parfaitement plane, à grains plus serrés et par conséquent plus dure et plus compacte; on opère ensuite comme à l'ordinaire.

La troisième catégorie est celle des pierres bicolores, mais ici encore il y a une distinction à faire entre les pierres jaunes et bleu foncé et les pierres jaunes et bleu clair. Les premières sont rejetées comme celles de la première catégorie, et les deuxièmes sont, de toutes les pierres fournies par les carrières de Montdardier, les plus estimées par le plus grand nombre de lithographes. Il est même arrivé bien souvent que beaucoup d'entre eux ont fait acquisition de ces pierres croyant parfaitement acheter des pierres de Munich. Elles sont bonnes à toutes sortes de travail et plus particulièrement à la gravure, elles sont également

bonnes pour l'écriture à la plume et ne demandent
absolument que les préparations exigées par toutes
les pierres lithographiques.

Tels sont en résumé les caractères propres aux
pierres des carrières de Montdardier, et l'on peut voir
par cet aperçu que leurs qualités sont de beaucoup
supérieures à leurs défauts.

Du Vigan à Montdardier, on compte neuf kilomètres d'une route longue et fatigante à l'aller, mais facile et rapide au retour. C'est qu'en effet, les deux kilomètres qui séparent Avèze du Vigan se parcourent sur un plateau presque uni, tandis qu'à partir d'Avèze, il faut, pour arriver à Montdardier, gravir les flancs de montagnes élevées dont la pente rapide oblige à une marche lente et pénible. A Montdardier, la route redevient unie et l'on a devant soi une vaste étendue de terrain à laquelle, dans les Cévennes, on donna le nom de Causse. Ces causses ne sont autres que ces plateaux, quelquefois d'une étendue très-considérable, qui couronnent les cimes des montagnes jurassiques. Le Causse de Montdardier n'est qu'un composant du grand Causse de Blandas, dont Blandas est le centre, Alzon et Montdardier deux extrémités. La différence de niveau et la figure I de la planche II, suffiront pour faire comprendre cette disposition. En effet, Blandas, Alzon et Montdardier ont une élévation moyenne de 630 mètres au-dessus du niveau de la mer, tandis qu'Avèze et le Vigan ne sont élevés que de 230 mètres au-dessus de ce niveau. La plaine du

Vigan et le Causse de Blandas ont donc, dans leurs niveaux, une différence de 400 mètres (1).

Le Causse de Blandas se présente sous la forme d'une grande plaine rocheuse, sur laquelle s'élèvent quelques petits monticules qui, sans toutefois lui enlever complètement ce caractère de plaine, le transforment cependant un peu et le rendent l'analogue de tous les autres plateaux. En effet, quelle que soit leur étendue, il semble toujours que la force qui a présidé au soulèvement de ces énormes masses, géants par rapport à nous, atomes par rapport à notre planète, ait voulu essayer d'ajouter encore une élévation sur une élévation, une montagne sur une montagne, mais elle y a été impuissante, et cette force, déjà épuisée, n'a pu que produire quelques-unes de ces gibbosités qui souvent, sur une vaste surface, ne s'aperçoivent même pas. Les causses partiels qui concourent à former celui de Blandas, présentent ses caractères généraux, mais ils les présentent mieux marqués, parce que les saillies et les creux deviennent de plus en plus apparents quand l'horizon devient de plus en plus petit.

Le Causse de Montdardier est surtout remarquable

(1) Le Vigan est à 220 mètres au-dessus du niveau de la mer.

Avèze	— 240 mètres	—	—
Blandas	— 650 mètres	—	—
Alzon	— 600 mètres	—	—
Montdardier	— 640 mètres	—	—

sous ce rapport. Il est d'une constitution essentielle-
ment calcaire. La partie supérieure de l'oxfordien
moyen domine à sa surface, et çà et là percent quelques roches dolomitiques.

Les montagnes qui supportent ce causse présentent
la constitution suivante :

C'est d'abord, à la partie inférieure, le *trias*, repo-
sant là à l'état de keuper, sur des schistes talqueux,
et plus loin, intercallé à l'état de marnes, avec des
marnes argileuses, à reflets variés, tantôt vert, tantôt
bleuâtre et souvent brun ou lie-de-vin. Après avoir
serpenté au pied des montagnes, se relevant et s'abais-
sant successivement de manière à présenter une série
d'ondulations, il arrive jusqu'à Montdardier, où il se
fait remarquer un peu avant l'entrée du village. Il ren-
ferme aussi quelquefois des nodules de gypse exploi-
table.

Au dessus de ce trias, on remarque la partie inférieure du système liasique, celle qui est appelée *infra-
lias*, mais celui-ci n'arrive pas jusqu'à Montdardier et
se perd sur les flancs de la montagne, sans qu'on le
retrouve sur le plateau.

Au dessus de l'infra-lias, vient se placer une roche
qui, là comme partout ailleurs, contribue beaucoup à
donner à tout le paysage un caractère particulier, à la
fois grandiose et imposant : c'est la *dolomie*. Cette im-
mense ceinture de gros blocs, découpés, posés les uns
sur les autres ou échelonnés jusqu'à la cime des mon-

3

tagnes, irrégulièrement dispersés, ressemble plutôt à
une ceinture de vieilles masures en pierres. La couleur
noirâtre de cette roche, jointe à sa forme, donne au
pays un aspect des plus pittoresques. C'est à la dolomie,
mais appartenant cette fois à celle que nous allons con=
naître sous le nom de dolomie oxfordienne, que la crète
de la Tude doit de paraître de loin une véritable ligne
de fortifications délabrées, et d'inspirer encore l'admi-
ration lorsque, vue de près, elle a perdu son caractère
imaginaire. On trouve toujours la dolomie arrivant jusqu'aux plus hautes extrémités, et ici elle n'a pas fait
exception à la règle générale : car on la voit abondam-
ment répandue, encore à l'état de dolomie oxfordienne,
sur une grande partie du Causse de Montdardier.
Noirâtre à l'extérieur, celle qui nous occupe, et que
nous voyons superposée au lias inférieur, présente une
cassure d'un blanc sale tirant un peu sur le jaune. Sa
texture a permis de l'employer comme pierre de taille.
Eu égard à sa position et à son aspect, on lui a donné
successivement les noms de dolomie infra-liasique et de
lias blanc ; on la connaît vulgairement dans cette partie
des Cévennes sous le simple nom de dolomie du lias.

Au dessus de cette roche, se trouve *l'oolite inférieure* qui arrive, accompagnée des dolomies de la
même formation, jusqu'à Montdardier ; on peut l'apercevoir à la surface du Causse, non pas occupant une
vaste étendue, mais formant là une sorte de pointement
qui ne lui permet de s'étendre que sur un petit espace.

Superposé à l'oolite inférieure ou à la dolomie oolitique quand, la première manquant, celle-ci se trouve plus relevée, on trouve l'*oxfordien*. Il forme ici un calcaire appartenant à ce que M. Emilien Dumas appelle le 2ᵉ sous-groupe. Il est immédiatement surmonté par un calcaire toujours oxfordien, mais appartenant au 3ᵉ sous-groupe. Ce dernier est beaucoup plus compacte que le précédent ; les grains en sont plus fins et plus serrés, la cassure en est plus lisse et plus régulière et la stratification peut être regardée comme le type de sa stratification régulière et parfaite. Sa couleur diffère aussi ; il est tantôt jaunâtre et tantôt bleuâtre. On appelle ce calcaire, *calcaire lithographique*. Sa puissance est très-grande en certains endroits ; notamment près de Cauvas et près de la Falguière. On l'a successivement désigné sous les noms de calcaire oxfordien hypogène, métamorphique, etc. Le premier découvert et le plus anciennement connu, est celui de Solenhofen en Bavière ; près de Munich ; aussi est-il toujours cité comme type, et il est nommé dans le commerce Pierre de Munich. En France, on le trouve à Châteauroux, à Belley, à Dijon, à Poitiers ; c'est même à ce dernier qu'est due la priorité.

Ce calcaire oxfordien ne se présente pas toujours sous la forme de calcaire lithographique. En effet, on le rencontre dans beaucoup d'autres parties des Cévennes ; mais alors sa structure et sa composition ne permettent plus de l'employer que comme matériaux de construction

ou comme pierre à chaux , et d'autres fois même le
laissent sans emploi. Quoique partout régulièrement
stratifié , c'est lorsqu'il devient calcaire lithographique
qu'il présente la stratification la plus parfaite. On dirait,
à le voir ainsi selon une coupe verticale , un véritable
mur formé de pierres arrangées symétriquement les
unes sur les autres.

A Montdardier, le calcaire lithographique est divisé
en grandes dalles rectangulaires superposées les unes
aux autres , rangées par lits ou par bancs parallèles
entre eux, et séparées par des marnes argileuses qui
ont l'apparence de schistes. Entre les bords latéraux de
ces dalles , se trouve une terre rougeâtre qui forme en
cet endroit la surface du sol, et qui a été introduite entre
les joints des pierres lithographiques par l'action entraî-
nante des eaux. Ce qui concourt à prouver qu'elle pro-
vient d'un entraînement de la partie supérieure , c'est
qu'on ne la rencontre absolument que dans les fissures
verticales. Partout où ces fissures s'arrêtent, cette terre
s'arrête aussi , tandis que les fissures horizontales sont
remplies par les marnes qui ont été déposées là en
même temps que le calcaire. Ces marnes démontrent
aisément que ce calcaire ne s'est pas déposé en entier
pour se déliter ensuite par bancs parallèles ; mais qu'il
s'est déposé par assises successives à des périodes successives de temps plus ou moins rapprochées. Ce phé-
nomène est indiqué par la plus ou moins grande épaisseur de la pierre. Ce que l'on doit surtout remarquer,

c'est que les pierres les plus jeunes, si l'on peut
s'exprimer ainsi, c'est-à-dire celles dont le dépôt est le
plus récent, et par conséquent les supérieures, sont
les moins épaisses et les moins bonnes comme pierre
lithographique. Au contraire, plus on pénètre dans
l'intérieur de ce dépôt calcaire, plus les dalles deviennent grandes, épaisses, et plus leur qualité augmente.
Les couleurs ne sont pas uniformément répandues dans
chaque lit ou dans chaque pierre, et le bleu ou le jaune
se trouvent irrégulièrement distribués dans la masse
compacte.

La surface extérieure de chacun des grands blocs cons-
titués par le calcaire lithographique est d'un jaune ou
d'un gris sales dus à la présence des marnes qui la
recouvrent (1).

Au-dessus du calcaire lithographique, et stratifié
comme lui, on trouve un calcaire oxfordien constituant le quatrième sous-groupe de M. Dumas. Il a
une couleur gris-clair et une texture compacte qui le
fait très-souvent passer à la dolomie, il constitue alors
ces blocs dolomitiques répandus sur toute la surface
du Causse de Montdardier, et que l'on appelle les
dolomies oxfordiennes.

(1) Il n'est question dans tout ceci que du calcaire de Montdardier, les propriétés du calcaire lithographique variant à
l'infini et constituant presque une espèce particulière pour
chaque gisement.

Enfin, au-dessus de toutes ces formations, on trouve la terre végétale brune que nous avons vu se glisser entre les fissures verticales du calcaire lithographique.

Tous ces terrains, ainsi superposés, forment par leur inclinaison deux systèmes, dont l'un penche vers l'Arre et l'autre vers la Vis. C'est entre ces deux rivières que se trouve compris le grand Causse de Blandas, dont le Causse de Montdardier n'est qu'une partie constituante. Le premier système est composé par les couches inférieures jusqu'au calcaire lithographique, et envoie ainsi les cours d'eau qui le sillonnent se jeter dans l'Arre. Le second système est formé du calcaire lithographique et des couches qui le recouvrent ; les cours d'eau qui coulent à sa surface vont se rendre dans la Vis. L'inclinaison propre des couches du calcaire lithographique se fait suivant une oblique de 120° par rapport à la ligne du nord au sud, et la stratification des bancs de ce calcaire a lieu suivant des lignes parallèles entre elles et perpendiculaires à la direction de la pesanteur (1).

Les divers étages que nous venons d'énumérer sont, à Montdardier, peu riches en fossiles ; on n'en trouve que dans l'oxfordien, encore y sont ils peu nombreux.

Ceux qu'il est le plus important de signaler, sont :

L'*Ammonites perarmatus* (d'Orb.), qui est commun.

(1) Carrière du Pouget près la Falguière.

Les *Ammonites canaliculatus* (Munst.), et *torti-sulcatus* (d'Orb.), sont aussi assez communs.

L'*Ammonites cordatus* (Sow.) est, au contraire, assez rare.

On rencontre également et assez communément les *Belemnites hastatus* (de Blainv.).

On ne rencontre pas, ou plutôt on ne rencontre que très-rarement des fossiles dans les autres terrains, et le calcaire lithographique proprement dit est ici complètement dépourvu de débris de corps organisés.

Nous croyons devoir résumer de la manière suivante les faits que nous venons d'énumérer :

Il n'y a plus qu'une seule carrière de pierres lithographiques françaises : c'est celle de Montdardier.

Ces pierres acquièrent chaque jour des propriétés meilleures et sont de plus en plus recherchées.

L'accroissement que prend cette exploitation devient chaque jour plus considérable.

La découverte de ces carrières est due à *Guillaume-Joseph* DONNADIEU.

Il a reçu diverses récompenses, parmi lesquelles un prix de 1,500 fr. et une médaille en argent.

Qu'il nous soit enfin permis de terminer en émettant le vœu « que notre modeste travail devienne un monu-» ment de reconnaissance élevé à la mémoire de celui » qui a fait cette grande découverte. » Pour payer de pareils services, ce n'est pas assez d'une récompense pécuniaire et d'une lettre parcheminée, il faut encore l'estime et le souvenir, et puisque la première n'a jamais manqué, souhaitons au moins que le second se perpétue.

Montpellier, avril 1868.

Montpellier, imp. L. CRISTIN et Cᵉ, rue Vieille-Intendance, 5.

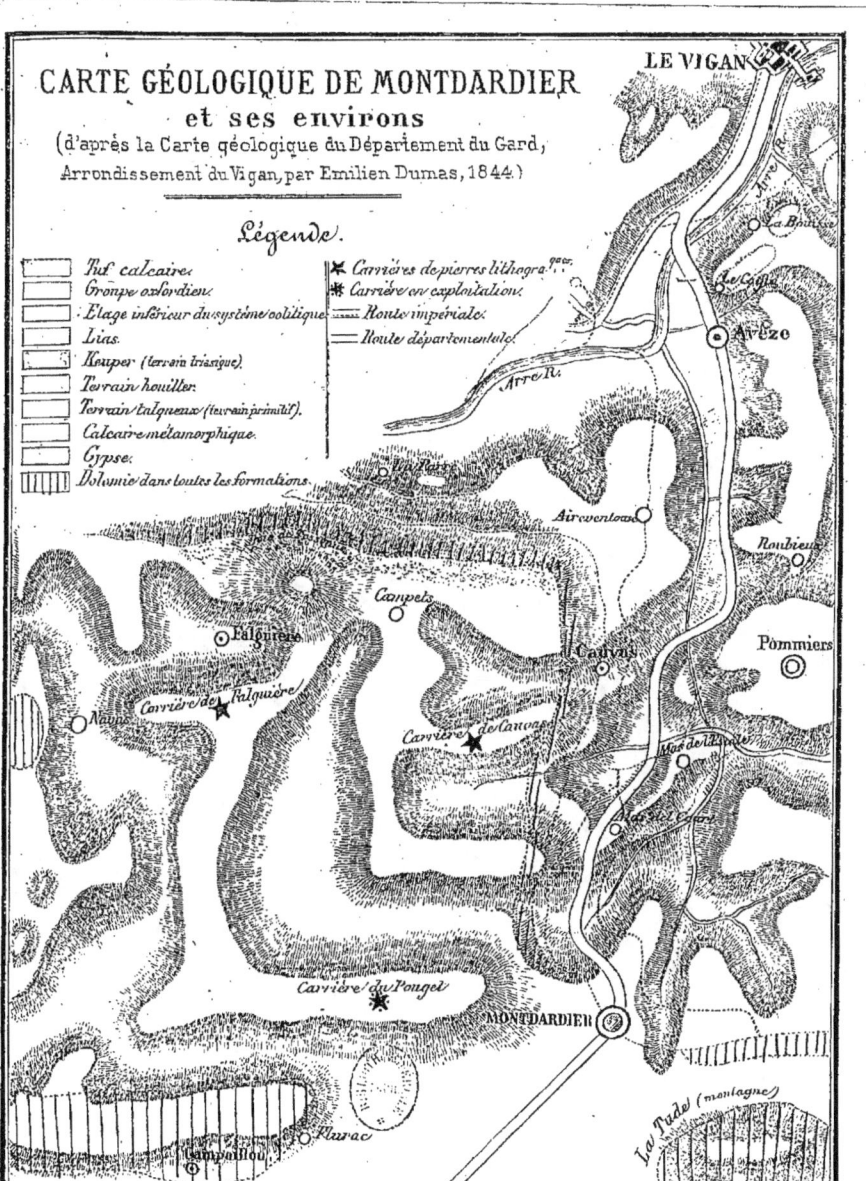

CARTE GÉOLOGIQUE DE MONTDARDIER
et ses environs
(d'après la Carte géologique du Département du Gard,
Arrondissement du Vigan, par Emilien Dumas, 1844.)

Légende.

- Tuf calcaire.
- Groupe oxfordien.
- Étage inférieur du système oolitique.
- Lias.
- Keuper (terrain triasique).
- Terrain houiller.
- Terrain talqueux (terrain primitif).
- Calcaire métamorphique.
- Gypse.
- Dolomie dans toutes les formations.

- ✳ Carrières de pierres lithogra.
- ✳ Carrière en exploitation.
- Route impériale.
- Route départementale.

LE VIGAN

La Bastide

Le Cagis

Avèze

Arre R.

Arre R.

Puy Rax

Aireventous

Roubieux

Coupets

Cauvas

Pommiers

Falguière

Carrière de Falguière

Mas de l'Esque

Naves

Carrière de Cauvas

Carrière du Pouget

MONTDARDIER

La Tude (montagne)

Campouliou

Flurac

A.L.D. del.

Lith. L. Donnadieu, Montp.

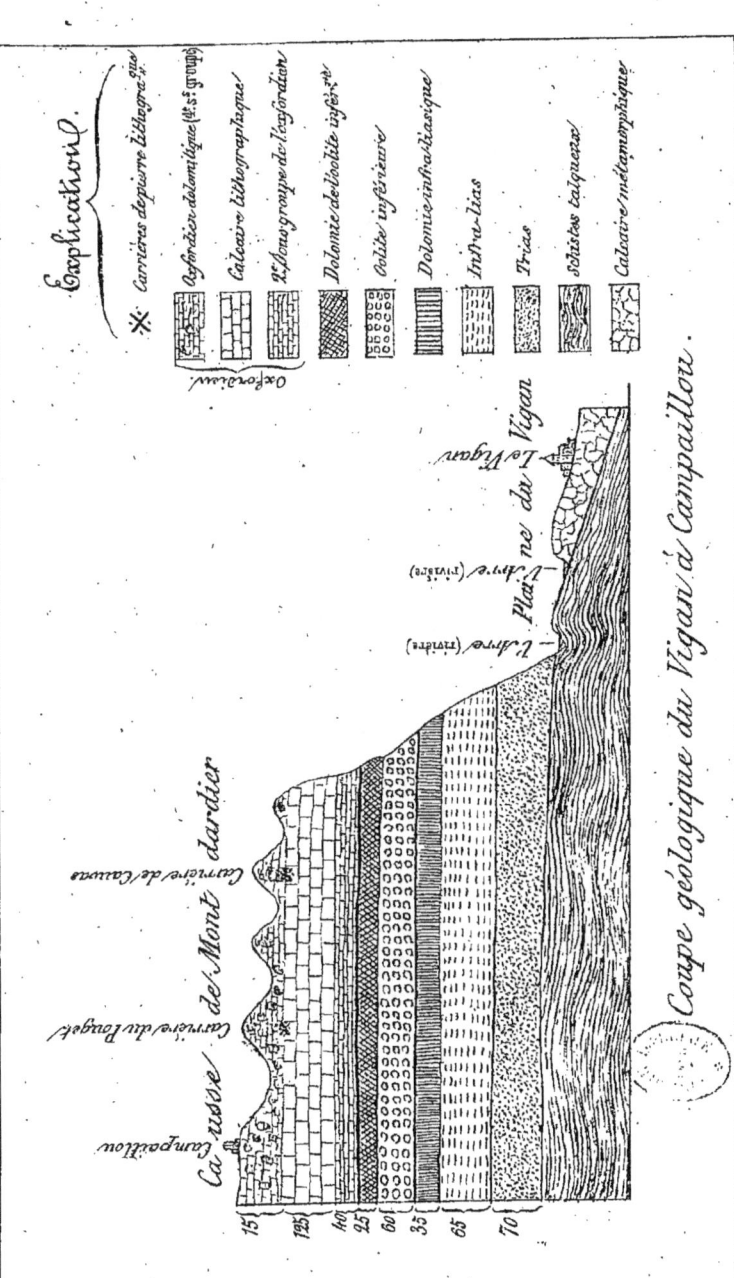

Coupe géologique du Vigan à Campaillou.

A. L. Donnadieu, del. & sculp.

Lith. Donnadieu, Montpellier.

www.ingramcontent.com/pod-product-compliance
Lightning Source LLC
Chambersburg PA
CBHW061706180626
46818CB00003B/1282